砂／鬼籍のひと

藪下明博

七月堂

風が吹いていた
……かも知れない
大きな
影
ドロップ缶を　握り締め
三本煙突が
隠れている

目次

砂

＊

鬼籍のひと

*

砂／鬼籍のひと

砂

*

砂の音

旅人が
護岸のしぶきを　浚い
夢の音《ね》に
酔う
記憶は　朧に
溶けだし

言葉は
瞳を　閉じる

砂の色を　知らない
ハマナスの　蕾は
風の　揺籃《ゆりかご》に
あやされ
砂の　音に
眠る

ごぅう　ごぅう
ごぉう　ごぉぅう

石碑に　刻まれた
幽かな
鼓動

羊水に　浮かぶ
手車の　心音

旅の　果てに
聴こえるのは
言葉を　亡くした
砂の音
――だったろうか？

この砂に　生まれ
この砂に　埋《うず》もれる

ごぅう　ごぅう
ごぉう　ごぉぅう

砂の色を　知らない
ハマナスの
群生

刻まれた
夢の——
擦過音

砂浜

砂に　足を
掬われ
息に
過去を　捉われ

曇天は　水平に
波のように
流れ

岬は
祈るように
跪く

生きていた
自分と
死んでいた
あなたと
生きようと
した
あの人たち
吐《は》く　息は
砂に　埋まり

波に
浚われ
紅《べに》のような
夕陽に
溶ける

眠るように
沈むように
――跪いて

砂の生活

砂が
沈む　とき
子供たちは
溶けて
声を　失う

大人たちは
耳を　そばだて
亡くした　声に

紙花《かみばな》を
手向ける

砂は
墓碑のように
冷え切って
落とした　影は
無言のまま
食卓に
添えられる

砂に
溶け切れず
砂に

生き延び
夢を　見た

封印された
傷口を
時折　なぞって

幽かな
生活の気配に
息を　吐《つ》いて

砂に
祈る

砂に寄せて

Ⅰ

砂に
象《かたち》が　捉われる
音は　見えない
から
砂は
風に　身を託して
骨を　埋《うず》める

風に
骨は　堆積し
音が　見える

けれども
口笛は心の中で
死んで
行くから
砂は
音を　立てて
風に
消える

Ⅱ

砂の
涙が　聴こえる

聲は　隠れて
戻らない
から
砂は
象を　変えて
骨を　埋める

風が　砂山を流れ
骨が

砂に　消える
聴こえる
のは
微かな
鼓動　だけ

砂は
音を
立てずに
象を
変える

Ⅲ

砂が
風の波に　浚われ
音は
砂の闇に　沈む

砂は
死を
告げる

象を　変えながら
言葉を
失い　ながら

砂の中に　埋まる

骨は
風が
浚ってきた
生きものの
鼓動

沈んだ
聲は
砂に　凭れ
碑《いしぶみ》に　刻まれる

Ⅳ

砂に
埋《うず》まった　夢は
聲を
亡くした

聴こえる　のは
骨の
鼓動　だけ

砂に
涙が　吸われ
風は　象を

奪う

砂が
消え　去って
風が
弔い

骨は
砂に
埋《うず》もれて

煙

灰　のように
サラサラと
砂　のように
零れ　落ち

骨　のような
祖母の背中
——で
父が　溶け

母が　眠る

風に　なって
姉の　頬紅に
煙突から　靡く
聲　となって……

砂のように
煙のように
灰　となって

子供たちは
眠る——

三本煙突

窓から
三本煙突を　眺め
砂に埋めた
過去に
別れを　告げる

貧困と引き換えに
邪な絵の具で
何もかも

黒く塗り潰した
自分がいて

あの時——
押し倒された
巨大な
三本煙突の
骸《むくろ》は

今でも
砂の中に
埋まっているだろうか？

三本煙突　Ⅱ

空には
三本煙突が　聳え
夜には
硝子窓が　震える

日がな　泣き濡れた
子供たちの　眠りは
空腹で　あること
さえも

気付かずに
夢の中を
駆け巡る……

朝にもどれば
砂山は
凪を　迎え

空には
三本の煙突が
ずしりと　けぶる

立待岬

稜線を　つたい
聲が　戻って
風が　吹いて
あなたに
抱かれた
遠い　祭りの
音が

響いて……

匂い袋を
きつく　掴んだ
その、指先の――

子守唄が
溶けだし
瞳に　映る
夕陽のように
にじむ　紅色

震えていた
息を　見つめ

あなたの
胸で
眠った
――わたし

土管の街

ぼくの
生まれる　前の
街には
あちこちに
土管が積んであって
砂山があって

子供たちと
野良犬　たちは

そして

生まれる　前の
ぼくたち　も

腹を　空かして
鼻水を　たらして
砂で　遊んで
――いた　ような

土管の街で
砂の家で
そんな
気がして

振り返ると
ひとり
影を踏んで
遊んで　いた

記憶――

砂

音が聴こえるほかに
何も　見えない

意味をなさない
言葉が
踊りまくって
騒いでいる　ようで

暗闇の先に

蝋燭の火を
灯す
――儚さ

夢の道すがら
痼癪を　鎮めるようにと
砂に
身を　寄せる

音に　凭れては
見えて　こない
夢に　求めては
聴こえて　こない

言葉の
たましいの
砂に　寄せて

鬼籍のひと

*

月命日

砂の音で
育った
波の匂いで
眠った

隙間風は
幾分
暑さを凌げたが

家は——
静かに
畳を減らした

砂は　硝子窓を
塞いだ
長男は穴を掘って
あそぶ
水汲みは次男の役割で
三男の足には
火傷が　あった

姉の子が三つになる
まで

砂の家で
暮らした

祖母が　いた
母が　いた
姉と三人の兄たちは
時折　入れ替わり
知らない男の
遺影が　あった

祖母の命日は
覚えて　いない
母も　同じだ
姉の名前だけは

手帳に残して
兄たちとの関わりは
いつの間にか
途絶えた

自分の命日も
忘れていた
彼岸だというので
家に寄ったら
坊主が仏間で
袈裟を畳んで
……待っていた

姪っ子は

茶菓子を出している
今日が俺の　月命日だという

緋毛氈

母と二人では
心細くなった　僕
姉を誘って
湯治場へむかった

　　腰を屈める——母
　　はしゃぐ——姉

いつからか

言葉の糸が切れて
それでも
気配は感じるようで

粉雪の舞う玄関先で
僕を　待っていた

京都の鰻雑炊《うぞうすい》とはいかないまでも
せめて砂山の
あの、白い記憶の中に
帰省できたら

……浅虫温泉
陽気な姉の

笑い声

透き通る
朝のイカ刺しは
ハマナスの香りがするだろうか？

若い頃を想い出してか
野だての傘に眼をとめる
姉の手を引く——母
赤い毛氈

こっとん　とん
……と、筧の清水

茶を待つ影
ふたつ
ぽっかりと揺らぐ
浮島

僕には見えなかったけど
母は　笑っていたという

入学式

五十年前に　生きていた
ぼくと
六年前に　死んだ
姉が　いる

十年前に
骨になった
母は　見当たらない

付き添いの
姉は
誰よりも　若く
誇らしげに
揺れている

揺れていた
アルバムの中で

薄く
塗られていた筈の
――口紅と

一度しか

着られなかった
よそ行きの
服と

五十年後の
ぼくは
幾分　はにかんでいる

姉 II

風が吹いていた
……かも知れない
大きな
影
ドロップ缶を　握り締め
三本煙突が
隠れている

このあと
あんでげれ山に　登った
こわい　こわい
ロープウェイに　乗って

姉の　カーディガン
赤い　スカート

しっかりと
離れないように
……と
きつく
指先を握る

旅立つ前に
叶わなかった
姉との　約束が
……隠れている
小さな
ドロップ缶の中に

カレンダー

ベッドに横たわる
姉のために
天ぷらそばに　湯を注ぐ
（……せめて、香りだけでも）
病室のカレンダーは
三月まで　予定がいっぱいだ

・野球の試合（鉄平）
・卒園式（花）
・誕生日（こう太郎）
・クスリの日
・ナースステーション

嗅ぐだけでいい
……と、言ったものの
あごを上げて
催促する——姉

小さなスプーンで
恐る恐る　口元に運ぶ

（飲ませても
　大丈夫だろうか？……）

力強く
孫の押す手が
その不安を払拭した

カレンダーの予定が
また一つ
強調される

☆野球の試合、ぜったい見に行く！

姉の命日

姪っ子から電話が来た
姉の命日だという
忘れていた
いや――
記憶にすら　ない

母も　同じだ
父親も
祖母も

親友だった　あいつも
面倒見の良かった
先生たちも
みんな　どうしているのだろう?

姉の歳を訊くと
ぼくと十四も違うという
姪っ子とは一回り離れている

不思議だね――と
電話口で　笑う

(何が　不思議なのだろう?……)

電話口で
笑い声が　重なる
——姉の声

そういえば　久し振りに
笑い声を聴いた
……ような気がする

鬼籍のひと

そんなの
はじめで聞ぐべ

涙もろい親父が
身欠きニシンを齧りながら
べそをかいた

母が放った
ひと言だった

十三人兄弟の末っ子だった
親父の母親は
息子に
紙の学帽しか　与えなかった

（貧乏であることが
　　　普通だったのだ）

姑の習いで
嫁にも辛くあたった

泣がされだけど
こんじょっぽねは、いい人だべぇ

つい、そんな言葉が
母の口をついた

*

その日は　めずらしく
仏壇の扉が開いていた

ぼくは
寝たふりをする

三人とも
とうに鬼籍のひとたちだ

遠足

小さな夢を
風呂敷に包んで
遠足に付いて来たのだと
想う――

大きな稲荷寿司が
四つほど
父の分と

母の分と
そして、ぼくの分と……

照れよりも　先に
恥ずかしさが空腹を満たし
ぼくは
手を付けないでいる

　余りものだげど
　ひとつどうだべ？――

茣蓙《ござ》の上から
となりへ差し出す
父

五十年前の聲の記憶

漬物

筵を　敷いて
腰を　かがめ

ざっくり
ざっくり

白菜　並べて
塩を　まぶして

縁側の　祖母が
躓かぬよう
樽の　タガが
外れぬよう

ざっくり
ざっくり

……そばで　居眠り

酔いどれ詩人

歌っては　ならぬ
言葉を　捨てろ！

酔っぱらい　の
詩人は――
野良犬に　吠えた
道ずれの
電信柱　は

小便で　濡れる
裸電球も
ハンカチで
——泣き　濡れた

娘たちは
穴を　掘る
腹を　空かして

酔っぱらい　の
詩人は——
靴を　噛む

やるせない

思いを
腹に　かかえて
　　歌っては　ならぬ
　　心を　捨てろ！

娘たちは
泣き　濡れる

死んだ
詩人は――
聲を　なくした

教会

尖り屋根は
蒼天を　射抜き
雪だるまは
坂道を　転げ落ちる

じゅげん
だあ
らあら

腰骨を　折り畳む
老婆の　背中

鐘の音
アンジェラス
独り言を　飲み干す
酔っ払いの
オラショ

宗教的
コスモポリタン＊
風見鶏の
禍福

じゅげん
だあ
らあら
——詩人の死

（＊宗教的コスモポリタン＝『東海の小島の思い出』／亀井勝一郎より）

チャチャ登り

電車通りから
大三坂を上って
息を　切らし
君と歩いた——

僕の好きな洋館が建っていて
君も　それを
愛してくれた

教会の　尖り屋根は
ふてくされた
君の唇で
本願寺の大伽藍は
あなたの　太鼓腹

笑いながら
抱き合いながら
ガンガン寺の石畳で
足が止まる

　　もっと登ろうよ
　　　（耳もとで　囁く）

チャチャ登り

この先は急な坂道
離しては　ならないと
君の手を　握る

きつく
君の手を握っていたようで
いつしか　僕は
一人　だった……

坂の上から見下ろす
街のあかり

君が死んだ
街　で
僕が捨てた
故郷　で

二人で　暮らしたのは
あの辺りだったろうか……

きらきらと
夜の灯が
雪に　濡れ
揺らめいている

はて

どの辺りだったろう?——

もう、
霞んで
……見えやしない

みずうみ

黝《あおぐろ》い　湖面は
ふかい　深い
森の奥に
月もなく　影もなく

ただ
息の音《ね》ばかり
夜鳥の啼き声も

絶え
木立の戦《そよ》ぎさえ
失い
魚たちは湖の奥底で
震え
彷徨《さまよ》うのは

ただ
息の音ばかり

むかし
生贄になった化け物の怒りも
手を取り合って死んでいった
若い　二人も

今はもう
冷たい　水の中

粉々に砕けた
夢も
街に　暮らした
想い出も

今はもう
ふかい　深い
みずうみの　底

*

土手の上で

骨を拾ったあと
土手に　上った
緩やかなスロープを
息を切らし　語った
河を見るのが供養になる
背後で
そんな声が　聞こえた

河は

遠くに霞んでいる
それでも　歩きながら語った
てんでバラバラに
語りながら　歩いた

土手は
真っ直ぐに続いていて
真っ直ぐに続いているようで
どこかで
下りなければならない
そんな思いを
胸に秘めながら
紙袋を持つ手を　左手に変えた

前の声は　聞こえない
もう　後ろは誰もいないだろう
急な斜面を見下ろす
河は
遠くに霞んでいる

（二〇一九年十二月十四日・岡田幸文氏葬儀のあと）

初出一覧

砂の音（「砂の音を聴く」を改題）　『詩と思想』六月号　二〇二一年六月一日
砂の生活　『詩と思想』七月号　二〇二三年七月一日
緋毛氈　『OUTSIDER』id:07　二〇二〇年九月一日
月命日　『OUTSIDER』id:06　二〇二〇年七月七日
みずうみ　『幻想卵』三十九号　一九九二年七月十二日
土手の上で　『詩と思想』六月号　二〇二〇年六月一日

本書収録の際に、若干の修正を行っている。他は未発表、或いはＳＮＳ等に公開したものを大幅に改稿。

あとがき

ごく小部数発行の私家版をのぞき、本書が第三詩集となる。期せずして、鬼籍に入ったものたちに語りかける詩編が多くを占める結果となった。まったくもって個人的な昔語りである。ご容赦願いたい。

函館の大森浜近辺には、かつて大きな砂山があった。わたしが幼少のころは、わずかではあるがまだその残骸があった。いまではまったくその面影はないが、幻影はわたしの心の中に形成され続け、深く刻印されている。本書は、その幻影の一つの表出である。消しようにも、消すことはかなわない。

お忙しい中、栞にご寄稿くださった八木幹夫さん、麻生直子さんのお二方には、感謝してもしきれません。

また、快く出版の機会を与えてくださった七月堂の知念明子さん、的確なアドバイスをくださった後藤聖子さん、組版やデザインを担当してくださった川島雄太郎さんに、心よりお礼申し上げます。

――二〇二二年十月　藪下明博

藪下明博

Yabushita Akihiro

一九六二年、北海道函館市生まれ。建築家・詩人。
国士舘大学理工学部理工学科建築学系非常勤講師。
『卵屋のじっちゃの幽霊屋敷』（アトリエＯＣＴＡ／２０１２年）
『死の幻像』（アトリエＯＣＴＡ／２０１９年）
『蝶』（私家版／２０２０年）

砂／鬼籍のひと

著者　藪下明博
発行日　二〇二三年二月一二日　発行
発行者　知念明子
発行所　七月堂
〒一五四-〇〇二一　東京都世田谷区豪徳寺一-二-七
電話　〇三-六八〇四-四七八八
FAX　〇三-六八〇四-四七八七
印刷　タイヨー美術印刷
製本　あいずみ製本
本体価格　二〇〇〇円+税

ISBN 978-4-87944-518-6　C0092